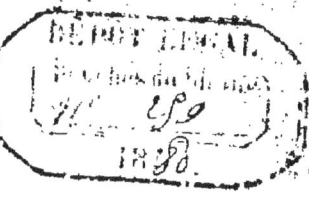

LOUIS PIEROTTI

Membre du " Portique "

DENIS
DUSSOUBS

POÈME DRAMATIQUE

Prix : 30 centimes

MARSEILLE
LIBRAIRIE MARSEILLAISE
RUE PARADIS, 34

M D CCC L XXX

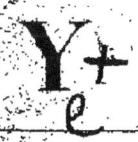

DENIS · DUSSOUBS

Ye

LOUIS PIEROTTI

Membre du " Portique "

———

DENIS
DUSSOUBS

POÈME DRAMATIQUE

> Denis prit l'écharpe de Gaston et s'en alla.
> V. Hugo.

> Τά ἱστορικά πάνυ ἑτέρα ἤ τά πολιτικά
> *(Il ne faut pas confondre l'histoire avec la*
> *politique.)* Platon.

Prix : 30 centimes

MARSEILLE

LIBRAIRIE MARSEILLAISE

RUE PARADIS, 34

———

M D CCC LXXX

DENIS DUSSOUBS

Le quatrième jour était à son aurore ;
Le ciel avait déjà la teinte qui colore
Les matins attristés, une teinte de mort ;
La paix... régnait partout, paix du tigre qui dort.
On était chez Dussoubs qui se tordait de rage
De ne pouvoir aussi dans l'horrible carnage
Lutter au premier rang. Mais il était brisé
Par d'atroces douleurs, sans courage, écrasé.
Son regard où brillait une lueur farouche,
Semblait chercher quelqu'un La fièvre enflait sa bouche.

— Au dehors, titubant sous les restes du soir,
Dans le jour indécis montrant son masque noir,
Le crime, préparait la honte après l'orgie. —

Dans la chambre, au reflet d'une simple bougie,
Quelques amis veillaient. C'était triste et touchant.
Ils étaient une mère, et Dussoubs un enfant.
Le malheureux râlait. Soudain, une voix forte
Retentit, une main faisait grincer la porte,
C'était son frère ! Hélas, le sort était jeté !
Enthousiaste, ardent, il prit au député
Son écharpe et lui dit : « Frère, elle est tricolore,
Demain, s'il t'est permis de la revoir encore,
Les couleurs auront fui cet emblème puissant ;
Le vent te la rendra ruisselante de sang !
— Va ! dit le moribond ! que mon nom soit utile
Au droit ! Je te le donne ! Et si mon corps débile
Reste, mon cœur te suit ! » L'œil ardent, le front haut,
Denis Dussoubs sortit. — On commençait l'assaut. —

. . . .

Enfin, ce jour qui fut la honte d'un ministre,
Jeta sur ses forfaits, l'ombre du nain sinistre ;
Le meurtre avait besoin de l'heure où le jour fuit ;
Le chat-huant venait de retrouver la nuit.

C'était le soir. Au loin, l'écho des fusillades
Répondait, nourri, ferme, au feu des barricades.
Le canon assassin, semblait vouloir huer

L'assassin, et partout on se faisait tuer !
Les boulets, grandes fleurs aux pétales de braise,
S'échappaient en sifflant du sein de la fournaise ;
Les pavés, balancés aux mains du citadin,
S'élevaient en autels aux mânes de Baudin.

Dans un sombre ruban qui serpente, une rue,
Près des petits-carreaux, une troupe se rue.
Le désespoir au cœur, fier de son droit et fort,
Le peuple tend son front aux baisers de la mort !
De tous côtés des cris de femmes affolées,
Des pleurs de chérubins ; des troupes enrolées
Sans acte, sans serment ; on se pressait la main,
Bourgeois comme ouvrier, vieillard comme gamin,
C'était dit ! — On voyait dans les reflets de l'ombre
Des canons de fusils, heurtés, pressés, sans nombre ;
L'aigle d'un étendard, rapace, laid, bancal,
Jetait sur les héros son regard de chacal !
Les soldats approchaient... Soudain, dans le silence,
Comme une flèche aiguë un mot vibrant s'élance :

« Citoyens ! »

On se tait, on s'arrête, et là-bas...
Les shakos reluisants, muets, n'avancent pas ...
Un homme était monté comme sur une estrade.
Devant, derrière lui, la mort ! La fusillade,
Au loin jetait encor ses sifflets déchirants . . . . .

« Frères ! s'écria-t-il, c'est l'appel des mourants ;
« N'êtes-vous pas aussi des fils de la campagne,
« Auriez-vous donc au cœur du sang de l'Allemagne ?
« Non ! soldats ! suspendez votre marche, écoutez !
« Ils sont Français aussi, ceux que vous arrêtez !
« Et ce sang, qui rougit le cadavre farouche,
« Et ce drapeau sali ! qui pend honteux et louche ;
« Ces bambins que l'on tue, et nous les combattants
« Des droits sacrés, peut être enfin nous vos enfants !
« Nous sommes tous Français ! fils d'une même mère.
« Assez de sang ! venez comme on va vers un frère,
« Et que vos bataillons, las d'être l'instrument,
« Fassent tonner enfin, l'arme du châtiment !
« J'ai confiance en vous, le doute déshonore ! »
Et ceignant aussitôt l'écharpe tricolore,
Il dit : « Je suis Gaston Dussoubs, représentant,
« Je suis la loi vivante ! » Alors, au même instant,
Une voix, traître appel du serpent qui veut mordre,
Répondit à Gaston Dussoubs :

                              « Avance à l'ordre ! »
Et cet homme de cœur, loyal, sublime et beau,
Comme un spectre descend les marches du tombeau,
Lentement descendit la pente mal formée
De la redoute, seul, sans armes, vers l'armée....
Les cœurs ne battaient plus, les doigts étaient crispés ;
Partout autant de corps que la foudre eût frappés.
Le long des murs glissaient de sombres silhouettes ;
Un long frémissement, celui des baïonnettes,

Comme un frisson glacé semblait planer dans l'air.
Un coup de feu, dans le lointain, fit un éclair,
C'était tout ! On voyait dans l'enceinte isolée,
Une ombre s'avancer, héroïque, immolée !
Oh ! sublime Martyr ! Grand cœur ! tu te trompais
Tandis qu'ouvertement tu leur parlais de paix.
Sans pudeur, sans rougir d'un meurtre sacrilège,
Ils tendaient sous tes pas les filets de leur piège ! —
Tout-à-coup ! quelle bouche en soutiendrait l'aveu ? —
Une voix dans la nuit hurla cet ordre :

« Feu ! »

Et les pavés, bravant le choc des chevrotines,
Gémirent ; les poumons tremblaient dans les poitrines,
Et le crachat de plomb, traître, vil, insultant,
En plein cœur, vint frapper le martyr. Un instant
Il tomba, déchiré, la poitrine meurtrie....
Il mentait ! mais, c'était pour venger sa Patrie,
Et l'écharpe était là, son frère le saurait;
Quant à lui, comme tous, la mort l'emporterait.....
Ce noble front roula sous la balle du crime,
Le guet-apens comptait encore une victime ;
Mais l'histoire notait le nom de son bourreau !
Les cadavres glacés qu'on jette au tombereau,
Les enfants qu'on arrache au lait de la mamelle,
Tous ces noms sont gravés ! l'Histoire se rappelle !
Il tomba ! Mais soudain, dans un suprême effort,

Disputant pas à pas, l'agonie à la mort ;
Dans un cri qui disait sa foi, son Dieu, son culte,
Et qui vint souffleter les bandits, fière insulte,
Aux lâches assassins, aux soldats soudoyés,
Ce mélange hideux de chair et d'os broyés
Osa se relever, et sublime, héroïque,
Denis Dussoubs râla.....

« Vive la République ! »

Marseille, 15 mai 1878.

MARSEILLE. — TYP. BLANC ET BERNARD

RUE SAINTE-PAULINE, 2 A.

136

DU MÊME :

www.ingramcontent.com/pod-product-compliance
Lightning Source LLC
Chambersburg PA
CBHW061524170626
46811CB00004B/1826